# Panthère, civière et vive colère

Illustrations
de Pierre Durand

la courte échelle
Les éditions de la courte échelle inc.

Les éditions de la courte échelle inc.
5243, boul. Saint-Laurent
Montréal (Québec) H2T 1S4

Conception graphique:
Derome design inc.

Révision des textes:
Andrée Laprise

Dépôt légal, 2ᵉ trimestre 2000
Bibliothèque nationale du Québec

La courte échelle bénéficie de l'aide du ministère du Patrimoine
canadien dans le cadre de son Programme d'aide au développement de
l'industrie de l'édition. La courte échelle est aussi inscrite au programme
de subvention globale du Conseil des Arts du Canada et bénéficie de
l'appui du gouvernement du Québec par l'intermédiaire de la SODEC.


**Données de catalogage avant publication (Canada)**

Sarfati, Sonia

    Panthère, civière et vive colère

    (Premier Roman; PR92)

    ISBN: 2-89021-406-0

    I. Durand, Pierre.      II. Titre.      III. Collection.

PS8587.A376P36 2000    jC843'.54    C99-941603-0
PS9587.A376P36 2000
PZ23.S27Pa 2000

# Sonia Sarfati

Passer de longues heures devant un ordinateur n'a jamais fait peur à Sonia Sarfati, car elle aime écrire. Auteure de plusieurs romans jeunesse parus à la courte échelle, elle est également journaliste aux pages culturelles de *La Presse*, où elle signe des articles qui touchent à tous les domaines des arts. Elle a aussi publié un traité humoristique sur les plantes sauvages, un domaine qu'elle connaît bien pour avoir fait des études en biologie, et, plus récemment, un conte pour le Musée du Québec.

En plus d'avoir reçu plusieurs prix de journalisme, elle a obtenu en 1990 le prix Alvine-Bélisle qui couronne le meilleur livre jeunesse de l'année. En 1995, elle remportait le prestigieux Prix littéraire du Gouverneur général, textes jeunesse, pour son roman pour les adolescents *Comme une peau de chagrin*. Certains de ses livres pour les jeunes ont été traduits en chinois, en néerlandais et en anglais.

# Pierre Durand

Pierre Durand a fait des études en graphisme au cégep du Vieux-Montréal. Comme il aime bien rigoler, il adore faire de la caricature, de la bande dessinée et des dessins humoristiques. *Panthère, civière et vive colère* est le sixième roman qu'il illustre à la courte échelle.

**De la même auteure, à la courte échelle**

**Collection Premier Roman**

Série Raphaël:

*Tricot, piano et jeu vidéo*
*Chalet, secret et gros billets*
*Crayons, chaussons et grands espions*
*Maison, prison et folle évasion*
*Chevalier, naufragé et crème glacée*

**Collection Roman Jeunesse**

Série Soazig:

*La ville engloutie*
*Les voix truquées*
*La comédienne disparue*
*Le manuscrit envolé*

**Collection Roman+**

*Comme une peau de chagrin*

# Sonia Sarfati

# Panthère, civière et vive colère

Illustrations
de Pierre Durand

la courte échelle

*À mes amis des Débrouillards*

# Introduction

Stupéfait, Raphaël regarde le rhinocéros s'arrêter le long du trottoir. Il se tourne vers Myriam et Damien. Ils semblent aussi abasourdis que lui.

Pourtant, les trois jeunes ne devraient pas être étonnés. Si un rhinocéros circule en ville aujourd'hui, c'est à cause de ce qu'ils ont fait en mai.

# 1
# Dans le ventre
# d'un rhinocéros

Assis autour d'une table, Raphaël, Myriam et Damien étudient les brochures posées devant eux.

Ce soir, ils doivent avoir choisi le camp où ils passeront deux semaines en juillet.

— Je propose le Camp Dessin! lance Damien. Raphaël doit apprendre à faire autre chose que des gribouillages.

— Et toi, tu devrais apprendre à lire! pouffe Myriam.

Elle pose un dépliant devant Damien. Il y est question non pas du Camp Dessin, mais du Camp des Saints! C'est un camp mobile qui s'arrête dans des villages dont le nom commence par Saint. Saint-Siméon, Saint-Godefroi...

— Vas-y donc, vieux, pour qu'on puisse t'appeler saint Damien! se moque Raphaël.

Car il est loin d'être saint, le Damien! À l'école, il a la réputation d'être un joueur de mauvais tours. Et, jusqu'à tout récemment, il était l'ennemi juré de Raphaël.

Mais Damien est en train de changer. Un petit peu.

Peut-être parce qu'il s'est pris d'amitié pour Taxi, la chienne de Raphaël. Or pour se rapprocher de l'animal, il devait aussi se rapprocher de son maître. Cela tombait bien: Raphaël, lui, était en manque de camarades.

Depuis, les deux garçons semblent vouloir s'apprivoiser. Ils ont d'ailleurs décidé de tester leur nouvelle complicité en allant au même camp d'été. En compagnie de Myriam, la copine de Raphaël.

— Maintenant, si on passait aux choses sérieuses? poursuit Raphaël sur un ton amusé. Vous ai-je déjà parlé de Charlie?

— Non, tu ne nous as jamais parlé de Charlie, soupire Damien, découragé. Et s'il faut absolument que tu nous en parles, attends donc demain. Si nous ne donnons pas de réponse à nos parents, ils vont choisir le camp à notre place.

Mais Raphaël ne veut pas attendre. Parce que Charlie, c'est-à-dire sa tante Charlotte, pourrait être la solution à leur problème.

Charlotte vient d'être engagée comme rédactrice d'une revue destinée aux jeunes. Pour mieux connaître ses lecteurs, elle va travailler cet été dans un camp de vacances.

— Si je comprends bien, tu veux qu'on passe quinze jours sous les jupes de ta tante?! s'étrangle Damien, horrifié.

— Si tu connaissais Charlie, tu saurais qu'elle ne nous traitera pas comme des bébés! réplique Raphaël.

— Elle est allergique aux couches? se moque Myriam.

— Non, aux biberons! s'exclame une grande jeune femme en entrant dans la pièce.

Charlotte, c'est elle. La nouvelle monitrice du Camp Rhinocéros. Folle comme une armée

de clowns. Drôle comme une famille de singes.

Bref, impossible de résister à l'idée de passer quinze jours avec elle.

C'est ainsi que, deux mois plus tard, les trois amis font les cent pas sur le trottoir. Et que, stupéfaits, ils voient apparaître un rhinocéros devant la maison de Raphaël.

L'animal est en fait un autobus. Un «rhinobus», quoi. Il est entièrement gris, avec une corne sur le capot et une autre sur le toit.

— Je suis Olivier, biologiste, moniteur et chauffeur, fait un jeune homme en descendant du véhicule. Passez-moi vos bagages, je vais nourrir le rhinoféroce!

Dix minutes plus tard, l'animal fonce vers le camp où Charlotte

attend son neveu avec impatience. Et inquiétude. Un pli barre son front et lui donne un air sérieux.

— Bon, on s'est fait avoir! bougonne Damien. Elle avait l'air *cool* pour nous convaincre de nous inscrire dans son camp. Maintenant, elle ressemble vraiment à une adul...

Raphaël l'interrompt d'un coup de coude.

— Il y a un problème, hein? demande-t-il à sa tante.

La jeune femme hoche la tête.

Elle entraîne les trois copains à l'écart. Elle leur explique que ses amis journalistes, Claudine et Bruno, ont été envoyés en Algérie. Ils doivent faire un reportage sur ce qui se passe dans ce pays en guerre.

— Ils ne pouvaient pas emmener leur fille avec eux, poursuit-elle. Je leur ai donc proposé de m'occuper de Maude.

Maude qui est arrivée hier au Camp Rhinocéros. Et qui est très en colère d'être séparée de ses parents.

— J'aimerais que vous l'acceptiez dans votre bande, dit Charlotte. Ça l'aiderait à s'intégrer. Mais je vous préviens, elle n'est pas du genre à se faire des amis facilement.

Les trois jeunes suivent la tante de Raphaël jusqu'au bâtiment principal du camp. Une fille rousse est au téléphone.

— Je m'en fiche! Venez me chercher ou je fais une fugue! crie-t-elle avant de raccrocher brutalement.

Quand elle se retourne, elle se rend compte qu'elle n'est plus seule dans la grande salle. Des éclairs dans les yeux, elle toise lentement les nouveaux venus.

Charlotte soupire et s'avance vers elle.

— Myriam, Raphaël et Damien, je vous présente Maude...

# 2
# La panthère rousse

Charlotte se trompait quand elle affirmait que Maude ne se faisait pas facilement des amis. Il était en réalité impossible de se lier d'amitié avec elle.

La fille rousse était aussi sauvage qu'une panthère. C'est ce qu'avaient compris Myriam, Damien et Raphaël, après avoir passé trois jours et deux nuits en sa compagnie.

Ils avaient tout fait pour qu'elle participe au concours de cuisine prévu le lendemain de leur arrivée.

Par cette journée pluvieuse, les volontaires devaient préparer un dessert en utilisant des plantes cueillies aux alentours du camp.

Maude avait immédiatement déclaré qu'elle ne savait même pas faire bouillir de l'eau. Afin qu'elle participe quand même à l'activité, Raphaël avait proposé qu'elle soit juge.

La fille rousse n'avait pas eu l'air très contente. Devant l'insistance du groupe, elle avait toutefois fini par accepter.

À la fin de la journée, elle était donc entrée dans la cafétéria. En soupirant haut et fort.

Elle n'avait pas souri en goûtant la crème au thé des bois. Elle ne s'était pas léché les babines en dégustant le gâteau au carvi.

Quant aux biscuits au mélilot dont Raphaël était si fier, Maude n'en avait pris qu'une minuscule bouchée.

— Peut-être qu'elle est au régime, avait suggéré Damien.

— Peut-être qu'elle est diabétique et ne doit pas manger de choses sucrées, avait avancé Myriam.

Maude avait continué sa dégustation, les sourcils froncés et

semblant souffrir plus qu'autre chose.

Une fois sa tournée terminée, elle s'était plantée devant les trois amis. Elle les avait fusillés du regard.

— Pourquoi m'avez-vous obligée à être juge? Pour moi, cette confiture a le même goût que n'importe quelle confiture! Ce gâteau n'a rien de particulier! Et tes biscuits, Raphaël, sont comme tous les biscuits: trop secs et trop sucrés!

Et elle était partie en courant.

— Elle n'est ni au régime ni diabétique, avait conclu Raphaël, vexé. Elle est seulement bête comme ses pieds.

Parlant de pieds, Maude n'aimait pas qu'on marche sur les siens. Elle avait donc refusé de participer au tournoi de basket-ball qu'avaient organisé Olivier et Charlotte, la veille.

Un tournoi plutôt spécial. Puisqu'il pleuvait encore, le terrain devenait de plus en plus boueux au fil des parties.

Un plaisir monstre pour tous, quoi!

Sauf pour Maude. Elle était restée dans la cabine qu'elle partageait avec Myriam et deux autres filles. Allongée sur son lit, elle avait lu tranquillement.

Jusqu'au moment où ses compagnes de chambre étaient entrées en riant de leurs exploits sportifs.

Myriam avait lancé ses espadrilles au milieu de la minuscule pièce. Ses pieds étaient maculés de boue.

— Beurk! J'aurais dû mettre des chaussettes! avait-elle constaté en se changeant.

Un peu plus tard, les trois filles étaient ressorties. Maude n'avait pas voulu les accompagner pour regarder un film.

La fille rousse avait poursuivi sa lecture jusqu'à l'heure du souper. Là, il lui avait fallu rejoindre le groupe et passer la soirée avec les autres pensionnaires.

C'est plus tard, au moment du coucher, que les choses s'étaient corsées.

— Qu'est-ce qui pue comme ça?! s'était exclamée Myriam en pénétrant dans la cabine.

Il ne lui avait pas fallu longtemps pour découvrir les «coupables». Sous le regard lourd de reproches de ses compagnes,

Myriam, humiliée, avait ramassé ses chaussures. Les tenant à bout de bras, elle les avait jetées par la fenêtre.

Puis, en passant devant Maude, elle avait maugréé:

— Tu es restée ici tout l'après-midi. Quand tu t'es aperçue que mes espadrilles sentaient mauvais, tu aurais pu les sortir. Ça ne t'aurait pas tuée, non?

Maude avait serré les dents. Myriam avait cru, un instant, voir briller des larmes dans ses yeux. Mais Maude s'était retournée trop vite pour que Myriam en soit sûre.

Et de toute manière, Myriam s'en fichait. Elle était folle de colère.

# 3
# Pas de pitié pour
# les grenouilles

— Il était temps, murmure
Myriam en ouvrant les yeux.

Après trois jours de pluie, le
soleil se montre enfin sur le
Camp Rhinocéros! Un de ses
rayons s'est faufilé par la fenêtre
située en face de Myriam, et l'a
réveillée.

Elle se lève en catimini, s'ha-
bille et sort. Myriam adore ces
tête-à-tête matinaux avec la na-
ture. À grandes foulées, elle
marche dans l'herbe humide en
direction du lac.

Et c'est là qu'elle aperçoit
Maude, debout près de l'eau.

«Je n'avais pas remarqué qu'elle n'était plus dans son lit, se dit Myriam. Voici l'occasion d'essayer de comprendre pourquoi elle est si méchante.»

Son regard capte alors un éclair vert sur la terre. Sous ses yeux, une grenouille tente de gagner l'herbe pour se cacher. Une de ses pattes refuse toutefois d'obéir.

— Maude! Viens vite m'aider! crie Myriam.

Les deux filles parviennent bientôt à capturer la bête blessée. Myriam l'entoure doucement de ses mains, l'emporte au laboratoire et la dépose dans un aquarium.

Maude l'accompagne. Silencieuse, comme d'habitude. Et, à la fois, différente. Myriam sent

que quelque chose a changé dans son attitude.

Moins d'agressivité, peut-être...

C'est donc avec un sourire confiant que Myriam confie sa protégée à Maude.

— Je vais chercher Olivier. Il saura quoi faire pour soigner la grenouille. En attendant, surveille-la: même blessée, elle pourrait réussir à se sauver.

Ce ne sera pas le cas. En fait, quand Myriam revient après quelques minutes avec Olivier, la grenouille est toujours là. Elle n'a pas bougé. Elle ne bougera pas pendant longtemps.

Maude, qui affiche un léger sourire aux lèvres, a en effet recouvert l'aquarium d'une serviette. Juste avant, elle y a déposé un petit bol contenant du chloroforme. À cause de ce produit, l'animal s'est endormi profondément.

— Si nous avions tardé un peu, la grenouille serait morte... murmure Olivier. Pourquoi as-tu fait ça?

— Oui, hein, pourquoi?! s'écrie Myriam. Pourquoi es-tu tellement mauvaise?

Le sourire s'efface instantanément du visage de Maude. Ses yeux s'assombrissent. Lentement, elle tourne le dos à Olivier et à Myriam. Et elle s'éloigne d'un pas lourd. Sans se défendre. Sans s'expliquer. Sans un mot.

Elle n'ouvre pas plus la bouche pendant le déjeuner. Ni pour parler ni pour manger.

Assis à la table voisine, Damien la suit du regard. Puis, peu de temps après son départ, il se penche pour ramasser quelque chose. Il sort lui aussi.

Maude est assise sur la balancelle, près de Charlotte. La tante de Raphaël passe gentiment une main dans les cheveux épais et bouclés de la fille rousse.

— Tu me promets de faire un effort, ma belle? De mon côté, je vais voir ce que je peux faire pour toi...

Charlotte dépose un baiser sur le front de Maude et s'éloigne en direction de son bureau. Dès qu'elle a disparu, Damien s'approche.

La tête penchée vers l'avant, les mains abandonnées sur ses genoux, elle semble très fragile.

— Tiens, c'est pour toi... murmure bientôt Damien en lui souriant.

Maude sursaute, se redresse vivement et fronce les sourcils. Elle se méfie du cadeau de Da-

mien: un flacon rempli d'herbes
flottant dans une eau noirâtre.

— Qu'est-ce que tu veux que
je fasse de ça? grommelle-t-elle,
sur la défensive.

— Que tu l'utilises comme parfum! répond Damien, ravi.

À ces mots, Maude semble vouloir exploser. Elle a entendu dire que Damien est un joueur de tours. Elle en a maintenant la preuve.

— Je n'en veux pas, de ton eau sale! gronde-t-elle. Va l'offrir à Myriam pour sa grenouille ou propose-la à Raphaël pour faire des biscuits!

Et, furieuse, elle se lève et s'enfuit en courant.

# 4
# Accident de chasse...
# au trésor

Maude est un peu comme l'océan, dont elle porte la couleur dans les yeux. Des yeux gris-vert qui étaient jusqu'ici de tempête et de colère. Et qui, aujourd'hui, sont de calme et de beauté.

Le miracle s'est produit ce matin. Maude est sortie du bureau de Charlotte, du soleil sur le visage.

Depuis, elle sourit sans cesse. Elle demeure réservée face aux autres pensionnaires du camp mais, au moins, elle est là. Elle est toute là.

D'autant plus qu'Olivier les a entraînés au pied de la falaise sur la rive ouest du lac. Selon lui, il est possible d'y trouver des fossiles. Or Maude rêve de devenir paléontologue, de partir sur la trace des dinosaures.

Bref, ce genre de chasse au trésor l'emballe. En plus, elle est douée: c'est elle qui revient avec le plus de pierres fossilisées.

— Je vais les nettoyer immédiatement, annonce-t-elle à Charlotte et à Olivier en leur montrant sa récolte.

Un sourire joue sur ses lèvres et ses cheveux roux semblent plus brillants qu'à l'accoutumée.

En la voyant ainsi, les deux adultes échangent un regard complice. Ils reprennent espoir: leur protégée finira peut-être par accepter la situation.

— D'accord, tu peux aller au labo... lui dit Charlotte. Sauf que tu nous retrouves sur le terrain de jeu dans trente minutes. Promis?

Maude promet distraitement. Et, trois quarts d'heure plus tard, elle n'a toujours pas rejoint le groupe.

Damien propose d'aller la chercher. Il veut tirer les choses au clair avec cette fille si bizarre... et si jolie.

Mais quand il pénètre dans le laboratoire, une forte odeur de gaz le fait reculer.

— Charlotte! Olivier! hurle-t-il. Vite!!!

Les moments qui suivent ressemblent à un cauchemar. Charlotte se précipite dans le labo. Elle en ressort un moment plus tard avec Maude inanimée dans les bras.

Tandis qu'Olivier compose le 911 sur son téléphone cellulaire,

Charlotte dépose Maude sur l'herbe.

Autour d'eux, les jeunes se pressent. Au premier rang, Myriam, Raphaël et Damien montrent un visage angoissé.

— C'est ma faute, souffle Charlotte, penchée sur Maude.

Au loin, le hurlement d'une sirène se fait entendre.

— Plus vite... plus vite... répète la tante de Raphaël entre ses dents.

— Charlie... commence Raphaël.

Il pose doucement la main sur l'épaule de la jeune femme. Elle ne semble pas l'entendre. Heureusement, les ambulanciers arrivent rapidement.

Avec précaution, ils installent Maude sur la civière. Celle-ci entrouvre les yeux. Son regard, vague, se pose sur Charlotte, Myriam, Damien et Raphaël.

Et, doucement, la fille rousse se met à geindre.

— Un... os... gémit-elle.

# 5
# Trois amis, deux microscopes, une enquête

Pourquoi? La question est sur toutes les lèvres, tandis que l'ambulance s'éloigne du camp. À son bord se trouvent Maude, inconsciente, et Charlotte, inquiète.

Pourquoi Maude n'est-elle pas sortie du labo quand elle a senti l'odeur d'oeufs pourris du gaz naturel?

Parce que c'est ce qui est arrivé. Le robinet à gaz du cubicule situé à l'arrière du laboratoire était mal fermé. Or Maude s'était enfermée dans ce petit local.

Quand elle s'était sentie mal, elle avait tenté de quitter les lieux. Elle s'était évanouie avant. Tombant sur le sol là où Damien l'avait trouvée.

L'image hante encore Damien, des heures après le départ de Maude pour l'hôpital.

Charlotte a pourtant téléphoné pour aviser que la fille rousse allait bien. Les médecins préféraient toutefois la garder en observation pendant 24 heures. Mais Damien demeure maussade.

Ce soir, même les guimauves grillées sur le feu ne l'intéressent pas.

— C'est décidé, j'y vais! dit-il tout bas à Raphaël en pointant du menton le laboratoire. Je veux savoir ce qui s'est vraiment passé là-bas.

— Moi aussi, fait Myriam, qui a tout entendu.

— Je vous accompagne, souffle Raphaël.

L'un après l'autre, les trois amis s'éloignent, mine de rien. Ils se dirigent vers les chambres. Pour, peu après, bifurquer et prendre la direction du labo.

Dans le noir pour ne pas se faire repérer, Myriam, Damien et Raphaël traversent le laboratoire. Ils n'allument qu'une fois dans le cubicule, puisque la petite pièce n'a pas de fenêtre.

La table où Maude était installée trône contre le mur. Dessus se trouvent un microscope, le sac de Maude qui contient des pierres fossilisées. Et un robinet à gaz.

Un autre microscope et des récipients sont rangés sur une étagère au-dessus de la table.

— Ça ne nous donne pas beaucoup d'indices, note Damien.

— Au contraire... fait Raphaël, pensivement. Myriam, veux-tu jouer le rôle de Maude? Nous allons faire une reconstitution de l'accident, comme dans les vraies enquêtes.

Myriam et Damien sourcillent. Ils ne comprennent pas ce que veut faire Raphaël. Ils lui font par contre confiance. Ses idées sont généralement bonnes ou très bonnes.

— D'après ce qu'on peut voir, Maude voulait observer ses fossiles au microscope, dit Raphaël. D'accord?

D'accord. Myriam attrape le sac de Maude et le passe en bandoulière. Puis, elle s'assoit devant la table de travail et se penche sur le microscope.

— Stop! s'écrie Raphaël. Vous savez que nous avons la consigne de toujours ranger les instruments que nous utilisons. Donc, quand Maude est arrivée, le microscope n'était sûrement pas sur la table. Il se trouvait sur l'étagère.

Approuvant d'un hochement de tête, Damien s'empare du microscope et le remet à sa place. Myriam se lève ensuite de sa chaise pour le reprendre. Et...

— J'ai compris! s'exclame-
t-elle. Viens voir ça, Damien!

Elle lui montre comment,
quand elle a levé le bras pour at-

traper le microscope, son sac s'est accroché à la poignée du robinet à gaz. Et l'a tournée.

— C'est pour cela que le gaz s'est répandu dans la pièce, murmure Damien en refermant le robinet.

— Ouais, approuve Myriam. Mais pourquoi Maude n'est pas sortie quand elle a senti cette odeur épouvantable?

— Peut-être qu'elle était trop concentrée sur ce qu'elle faisait... suggère Raphaël.

— Possible, rétorque Damien. Regardez, il y a une pierre sur le microscope. Maude a dû faire une découverte importante. C'est ce qu'elle voulait nous expliquer en disant «un... os...»!

À cet instant, la porte du cubicule s'ouvre.

— Qu'est-ce que vous faites ici?! gronde Olivier.

# 6
# Comme le nez au milieu de la figure

— Comme ça, vous vouliez jouer les détectives?

Olivier n'est pas content. Son regard sévère s'attarde sur Myriam, Raphaël et Damien. Debout dans le bureau du moniteur, ces derniers fixent leurs souliers d'un air penaud.

— C'était mon idée, avoue Damien.

— Bah! J'y avais pensé aussi! s'écrie Raphaël.

— Et moi, je n'avais que ça dans la tête! lance Myriam.

Une fois de plus, les yeux d'Olivier passent le trio en revue.

— Bon, ça va... soupire-t-il finalement. Pour cette fois, je passe l'éponge. Allez, tous au lit!

Soulagés de s'en tirer à si bon compte, les trois amis se retournent pour quitter le bureau.

— Oh, j'oubliais! fait le moniteur dans leur dos. Charlotte a rappelé. Maude aimerait vous voir demain, à l'hôpital.

Autant dire que cette nuit-là, Raphaël dort très mal. Myriam ne ferme pas l'oeil. Et Damien regarde sa montre aux quinze minutes pour vérifier s'il n'est pas l'heure de se lever.

Ils ont donc les traits tirés quand, le lendemain, ils pénètrent dans la chambre de Maude. Celle-ci, allongée sur le lit, est très pâle. Par contre, elle sourit doucement.

— Salut! lance-t-elle en se re-
dressant. J'avais hâte de vous voir.
J'ai tant d'explications à vous donner! Asseyez-vous, s'il vous plaît.

Et la fille rousse se met à ra-
conter. D'abord, sa colère au moment de son arrivée au camp. Il
se produit tant de choses hor-
ribles en Algérie. Elle était prête

à faire n'importe quoi pour empêcher ses parents d'y aller.

Même à se transformer en la pire des chipies.

— Eh bien, tu as réussi! lui fait remarquer Raphaël.

— Pas vraiment, puisqu'ils sont partis! le corrige Maude. Mais à présent, je suis un peu rassurée. Je leur ai parlé hier et ils allaient bien. C'est pour ça que j'étais si heureuse quand nous sommes allés à la falaise. Ensuite... il y a eu l'accident.

En fait, ce n'était pas le premier accident qui lui arrivait au Camp Rhinocéros. C'était le cinquième.

— Personne ne pouvait toutefois le savoir, admet la fille rousse. Personne à part ceux qui savent que je suis anosmique.

— Anos... quoi? s'exclament en chœur ses visiteurs.

— A-nos-mi-que, répète Maude en détachant chaque syllabe du mot. Je n'ai pas d'odorat. Je ne sens rien.

Un moment de silence suit cette révélation. Puis...

— Ça existe, ça? fait Damien, sceptique.

— Certaines personnes naissent sourdes ou aveugles, non? Eh bien, il y en a d'autres qui naissent sans odorat. Presque personne ne le sait parce que ce handicap est moins évident que les autres.

Maude fait alors face à Raphaël. Et lui parle du concours de cuisine, pour lequel elle avait tant hésité à être juge.

— Je ne voulais pas t'insulter en disant que tes biscuits étaient comme tous les biscuits. C'est juste qu'étant donné que je ne sens rien, je ne goûte pas beaucoup non plus. Pour moi, tous les biscuits sont pareils: sucrés et secs, point final.

— Tu manques quelque chose, grommelle Raphaël.

— Myriam, poursuit Maude en se tournant vers elle. Si j'ai laissé tes espadrilles sales dans notre cabine, c'est que je ne savais pas qu'elles sentaient mauvais.

— Tu veux dire que tu ne sens rien de rien de rien? Tu ne sentirais même pas une mouffette? demande Myriam, de plus en plus étonnée.

— Même pas une mouffette. Ni du chloroforme.

Maude affirme à Myriam qu'elle ne voulait pas endormir

et encore moins tuer leur grenouille. Elle avait voulu lui donner à boire. Elle avait trouvé un bol contenant un liquide incolore. Elle croyait que c'était de l'eau.

C'était du chloroforme...

— C'est pour ça que tu as pensé que je me moquais de toi quand je t'ai offert du parfum! comprend Damien.

Maude hoche la tête. Damien avait fabriqué pour elle un parfum composé d'herbes plongées dans de l'alcool. Charlotte le lui avait expliqué la veille.

— J'ai plutôt mal choisi mon cadeau, murmure Damien.

— Tu ne pouvais pas savoir, le reprend Maude. Je ne parle jamais de mon anosmie. Jamais. Quand les gens apprennent que je ne sens rien, ils me posent des questions idiotes. Et, surtout, ils me regardent comme si j'étais une extraterrest...

— ... Anosmie! la coupe alors Raphaël. Un os! Anos... J'ai compris!

Les mines interloquées des trois autres lui indiquent qu'eux n'ont rien compris du tout.

# Conclusion

Raphaël reprend donc, plus calmement.

— Maude, quand Charlie t'a sortie du labo, nous avons cru t'entendre murmurer «un os...». En réalité, tu devais essayer de dire «anosmie». C'est ça?

— Oui. Charlotte sait que je suis anosmique, mais elle l'oublie toujours. J'ai voulu lui rappeler mon handicap pour ne pas qu'elle se sente responsable de l'accident. Je ne suis pas sortie du labo parce que je n'ai pas senti le gaz, c'est tout.

Et là, de nouveau, le silence se fait dans la chambre.

Seuls les yeux verts de la fille rousse parlent. Ils brillent, comme ils ont souvent brillé au cours des jours précédents. Mais c'est la joie et non la colère ou les larmes qui, à présent, les allume.

— Alors, amis? demande-t-elle avec espoir.

Pour toute réponse, Myriam se lève et va poser ses lèvres sur la joue de Maude. Elle est bientôt imitée par Raphaël. Puis par Damien. Un Damien plus rouge qu'une pivoine.

— Vous êtes gentils, fait Maude, rayonnante. Et je vous aime beaucoup...

Elle s'interrompt. Prend un air coquin et continue:

— Oui, je vous aime beaucoup... même si je ne peux pas vous sentir!

# Table des matières

Achevé d'imprimer
sur les presses de Litho Acme inc.